# LETTRE

## *A MADAME*

## LA MARQUISE DE ***,

*Dans ses Terres près de Mantes,*

Sur l'Opéra d'Iᴘʜɪɢᴇ́ɴɪᴇ.

## A GENÈVE.

---

## M. DCC. LXXIV.

# LETTRE

## A MADAME

## LA MARQUISE DE ***,

*fur l'Opéra d'Iphigénie.*

ARRIVEZ DONC , MADAME; vous
vous amufez à planter vos choux dans
vos potagers moins beaux , fans doute,
que les jardins de Semiramis ; mais
affurément plus utiles; tandis que les
Curieux de la Capitale fe tuent pour entrer aux répétitions de l'opéra du Chevalier Gluk.

Ce nouvel *Orphée* a bien du talent ;
il doit d'ailleurs compter fur les égards

qu'une Nation polie & hofpitalière doit à une perfonne de fon mérite & de fa célébrité.

Auffi, Madame, ne me permettrai-je fur fon ouvrage, que quelques réflexions faites à la hâte, auxquelles je n'attache aucune importance : je les foumets à vos lumières ; & fi vous n'êtes pas de mon avis, j'aurai toujours la vanité d'être du vôtre. Ce Muficien a, fans mauvais def-fein, une armée de beaux efprits qui font les Grenadiers de fa gloire. Le parti des *vieilles-perruques*, fi c'en eft un, n'a pas beau jeu avec ces impérieux réfor-mateurs, qui mettent fans cérémonie, au rang *des bêtes*, toutes les perfonnes qui ne font pas de leur opinion, & com-me je n'ai pas tout-à-fait l'honneur d'en être, j'ai franchement la modeftie d'en faire l'aveu.

Il s'agit, comme vous ſavez , ou comme vous ne ſavez pas , d'Iphigénie en Aulide, opéra nouveau, dont les paroles ſont d'un homme d'eſprit, par cela-même l'ennemi, dit-on, le plus dangereux de notre Opéra François , ſur la ruine duquel une cabale de novateurs veut établir une troupe de Saltinbanques étrangers. Cet Auteur qu'on dit aimable , & même érudit , malgré la diſpenſe de ſon rang , n'a regardé que devant lui dans la carrière où il eſt entré , ſans daigner tourner la tête , pour jeter un regard ſur nos *Quinault*, nos *Duché*, nos *Danchet*, nos *Lamotte*, nos *Labrüere*, & autres *Pindares* Français, autrefois ſi célèbres, aujourd'hui ſi rigoureuſement dédaignés, & mis, ſans miſéricorde, au rang des *Hardis*, & des *Jodelles*. A l'égard de Lully , on n'en parle plus qu'avec le fourire du mépris.

Ce Drame eft prefque une imitation de l'Iphigénie de l'immortel Racine ; mais l'Auteur a du moins le mérite d'avouer qu'il n'a jamais eu la prétention d'approcher de fon modele.

L'ouverture, qui eft une fimphonie très-longue & très-travaillée, dans laquelle j'ai entendu des tenües de haut-bois, moins faites pour exprimer les cris d'une victime , que le trifte bêlement d'un mouton , ne me paroît rien annoncer de ce qui va fe pafler fur la Scène. On aime pourtant à trouver dans ces fortes d'ouvrages un deffein marqué, qui fert, pour ainfi parler, de frontifpice au temple dans lequel on va faire entrer les Spectateurs.

Je vous citerois , Madame, à cette occafion, l'ouverture de Pigmalion, qui

nous peint les petits coups de marteau
de cet amoureux Sculpteur ; mais depuis
que nos jeunes *Amphions* répandent,
dans leurs cotteries, que Rameau n'a jamais fû faire un air de violon, je n'ofe-
rois en parler, parce que je ne veux faire
de la peine à perfonne.

Le fanatique Agamemnon ouvre la
Scène par un monologue chaudement
récité par Larrivée qui m'a paru fublime
dans fon rôle. Ce récit, qui ne peut être
fenti que par les Sectateurs du nouveau
genre, amène un air dont les paroles
font :

Brillant Auteur de la lumière,
Verrois-tu, fans pâlir, le plus grand des forfaits?
Dieu bienfaifant exauce ma prière,
Et remplis les vœux que je fais.

Il faut que je convienne, Madame,
que ce chant, apparemment trop favant

pour un prophane qui, comme moi, ne mérite pas d'être infpiré, m'a paru plus fait pour étourdir les oreilles, que pour trouver la route du cœur.

Enfuite vient un autre récitatif, c'eft-à-dire, des mots pfalmodiés & entre-coupés par des notes fyncopées de l'Orcheftre, qui ne forment qu'un charivari convulfif, & qui devient pour les vieilles & *longues oreilles* Françoifes, abfolu-ment inintelligible, pour ne rien dire de plus.

Les Grecs accourent tumultuairement demander la victime que le grand Prê-tre veut qu'on facrifie aux Dieux, pour avoir du vent. Tout cela ne vaut guère la peine de s'y arrêter. C'eft un Payen fu-perftitieux d'un côté, & de l'autre, un Sacrificateur inhumain : on fent bien le-quel des deux doit l'emporter. J'ai diftingué dans cette Scène un air qui m'a paru de la plus grande énergie : c'eſt Agamemnon qui dit, en parlant de l'aveuglement de ſes ſoldats ſi ſtupidement dévots. . . .

> Peuvent-ils ordonner qu'un père
> De ſa main préſente à l'Autel,
> Et pare du bandeau mortel
> Le front d'une victime , & ſi tendre & ſi
>     chère ? &c.

Cette tirade , dans laquelle paroiſſent exprimés les ſentimens les plus empreſſés de la nature , finit par un trait du plus grand maître :

> . . . Je n'obéirai point à cet ordre inhumain. . . . .

Ce vers eſt prononcé par Larrivée , de manière à arracher le cri du cœur, & les larmes des yeux. L'accompagnement y joint un intérêt ſi ſubit & ſi victorieux, que, dans cet inftant, les Spectateurs ont tous les entrailles d'Agamemnon.

C'eft avec plaifir, Madame, que je rends juftice à la fublime originalité de ce morceau de mufique ; tant il eft vrai que le génie fubjugue les pauvres d'efprit comme les autres, & que généralement toutes les règles de l'Art confiftent à plaire à la multitude !

Mais voici la jeune Iphigénie, qui, malgré les précautions que fon père avoit prifes pour la détourner de la route de fon malheur, arrive dans un char antique, efcortée de fa tendre mère, & d'un Peuple de jeunes Grecques qui forment un divertiffement tout-à-fait naturel & très-bien amené.

Il n'y manque, Madame, que des airs de violon.

Le fameux Iomelli me difoit, il y a

quinze ans, en exaltant, fur cela, le mérite de Rameau, que les Italiens étoient
trop favans pour s'abaiffer à faire des airs
de balets. C'eft à peu - près comme fi
mon Cuifinier me difoit qu'il eft trop
habile pour s'abaiffer à faire du bouillon :
voilà ce qui s'appelle une comparaifon
de cuifine ; vous la pardonnerez dans une
Lettre ; & fi elle n'eft pas noble, du moins
elle eft vraie. On n'eft jamais difpenfé de
bien faire quelque chofe qui dépend,
fur-tout, du métier qu'on profeffe.

Les airs du bon homme Rameau, en-
chanteurs pour les gens fans prévention,
ont cette éloquence harmonieufe qui
peut fe paffer du fecours des paroles.

C'eft, par exemple, dans les Indes
Galantes, une jeune Rofe légèrement
careffée par la coquetterie d'un Zéphir
qui laiffe enfin ternir ce brillant objet de

fes agaceries, par la jaloufie d'un lourd Aquilon à qui cette tendre fleur demande humblement la vie. Une heureufe inconftance ramène ce confolateur volage aux pieds de la Rofe flétrie à l'afpect de fon perfécuteur. Elle ouvre fa gorge *purpurine* au fouffle régénérateur du Zéphir compatiffant, qui ranime par une progreffion enchantereffe l'ame & les couleurs de cette fleur, pour ainfi dire, reffufcitée. Cette élégante allégorie eft fi parfaitement bien mife en mufique, & le *Duo* qui la termine, eft fi alègre & fi careffant, que cette jolie pantomime prend aux yeux des Spectateurs, le mérite & le charme de la vérité. Dites après cela, M. Iomelli, que vous êtes trop habile pour en faire autant, & vous aurez raifon.

J'en reviens, Madame, aux airs de violon du premier acte : en vérité, ce font

Meſſieurs , quelle eſt cette manie deſ-
tructive ? On décernoit dans une ville de
la Grèce , un prix à celui qui inventoit de
nouveaux plaiſirs pour ſes Concitoyens :
que doit-on faire à ceux qui veulent ab-
ſolument détruire les nôtres ?

Au lieu de *mettre tout à feu & à ſang* ,
engagez nos bons Compoſiteurs François , ſi vous en admettez ( 1 ) , à corri-
ger la longueur monotone de nos anciens
opéra , dans lesquels il y a tant de choſes
admirables.

Vous humiliez la Nation en lui diſant
qu'elle n'a , ni ne peut avoir une muſique
conforme à ſon génie , & ſur-tout à ſa
langue. Cette frenéſie eſt tellement ré-
pandue , que le plus chétif *Croque-note* ,

_____

(1) Meſſieurs Rebel & Francœur, le Berton, d'Auvergne,
Philidor , Lagarde , Montſiny , Grétri , Burri , Floquet ,
Goſſec , ſans parler d'un amateur célèbre , &c. &c. &c.
valent bien la peine d'être comptés pour quelque choſe.

enivré des fredons ultramontains, rou-
giroit de chanter un air François.

M. le Chevalier Gluk, dont j'eftime
la perfonne, & dont j'admire les talens,
peut-il être, fur nos plaifirs, un Légifla-
teur infaillible? Je le crois affez raifon-
nable & d'affez bonne foi, malgré le parti
qui l'anime, pour convenir des fautes de
profodie, qui peuvent lui être échappées
dans une langue qu'il ne fait pas. Faudra-
t-il abfolument faire venir de Rome, ou
de Vienne, les opérateurs de notre con-
verfion & de nos amufemens? C'eft dé-
courager les talens nationaux. Guériffez
avec l'éloquence qui vous eft familière,
tant d'inconftans préjugés qui, tour - à-
tour, ont déifié & outragé les talens
François, entre-autres celui du célèbre
Rameau, que nos petits *Tartiniftes* fe
font aujourd'hui un plaifir de dénigrer.

Ses airs de violon , tout déplacés &
défigurés qu'ils font , dans l'Empire des
Caftrats , font encore ce qu'il y a de plus
fupportable dans ces faftidieux opéra ,
où l'on paye de cinq heures d'impatien-
ce une Ariette délicieufe , chantée avec
difgrace ; mais avec les talens du Rofli-
gnol , par la Seignora *Gabrieli* , Can-
tatrice de l'Opéra de Naples.

A la bonne heure , que les autres
Royaumes , dont les langues font encore
plus *inlyriques* que la nôtre , où l'on ne
chantoit que des Pfeaumes , quand
Lulli contribuoit déjà à la gloire du
grand fiècle ; à la bonne heure , dis-je ,
que les Anglois & les Allemands ayent
une troupe ramaffée & ftipendiée à
grands frais , pour fredonner pendant
fix femaines de l'hiver , des Chanfons
étrangères pour eux : mais fi vous vou-

liez introduire dans la Capitale un Spec-
tacle ambulant hétérogène au goût géné-
ral de la Nation, & l'établir sur les ruines
de celui que nous avons eu la *bêtise* &
l'habitude d'aimer, je n'ai rien à répon-
dre à force d'avoir à dire, & je plains
les gens sans parti, qui se trouvent irré-
sistiblement les victimes des fureurs de
l'inconstance & de la nouveauté.

Je compare le Chevalier Gluk à ces Mis-
sionnaires enthousiastes qui ont été prê-
cher des croisades aux extrémités de l'A-
sie: comme eux, l'Apollon de la Germanie,
vient-il jusqu'aux bords Occidentaux de
l'Europe, pour nous convertir?

Je n'en suis pas moins, Madame,
l'admirateur de son génie, & j'aime
comme un autre, la Musique Italienne,
*proprement dite*; mais je préfére l'Opéra

François à celui d'Italie , ou de tel autre pays qu'on voudra.

Je defirerois donc qu'on apportât chez nous les richeffes de l'Etranger , fans anéantir les nôtres. Le goût admet des préférences , & le fanatifme veut des exclufions. Je finis , Madame , en vous avouant qu'il y a dans cette nouveauté, des beautés dignes d'être fenties & ad-mirées, mais plus de chofes encore , qui m'ont paru inégales , difparates , & faites pour être poliment improuvées par les gens fans paffion, qui font les vrais Juges.

Recevez , Madame la Marquife, les hommages de mon refpect.

*A PARIS , le 17 Avril 1774.*

www.ingramcontent.com/pod-product-compliance
Lightning Source LLC
Chambersburg PA
CBHW061412170626
46811CB00005B/1960